Aprende con Peppa Pig

Los tres cerditos y La Sirenita

Beascoa

Papel certificado por el Forest Stewardship Council®

MIXTO
Papel | Apoyando la silvicultura responsable
FSC® C117695
FSC www.fsc.org

Penguin Random House Grupo Editorial

Primera edición: julio de 2024

Publicado en lengua española por Penguin Random House Grupo Editorial, S.A.U.
Travessera de Gràcia, 47-49. 08021 Barcelona

Printed in Spain – Impreso en España

ISBN: 978-84-488-6849-9
Depósito legal: B-9.259-2024

Diseño y maquetación: MYR Servicios Editoriales S.L.
Impreso en Índice, S.L.
(Barcelona)

BE 6 8 4 9 9

Introducción pedagógica

¡Disfruta con los clásicos y aprende con Peppa Pig!

La colección **Aprende con Peppa** se dirige a pre-lectores y lectores de 4 a 6 años con historias pensadas para ser leídas primero en compañía de un adulto y después de forma autónoma. Por su formato lúdico y sencillo, la colección es perfecta incluso para los niños y las niñas que manifiestan poca motivación por el aprendizaje de la lectura.

La lectura con pictogramas tiene como objetivo aproximar a los pequeños a la lectura de manera gradual y sencilla. Se busca **fomentar la memoria visual** que se trabaja al sustituir algunas palabras por sus imágenes correspondientes. Al fortalecer este tipo de memoria, se **desarrolla la capacidad de abstracción** del pequeño. Dado que en un primer momento se potencia la lectura colaborativa, el pequeño lector desarrolla poco a poco la **confianza en sí mismo** para lanzarse después a la lectura autónoma.

Cada libro contiene **dos historias desarrolladas a partir de cuentos clásicos** de la literatura y protagonizadas por los personajes de Peppa Pig.

Al inicio de cada historia, se incluye un listado de imágenes que se corresponden con una palabra; el primer paso consiste en familiarizarse con las palabras que luego encontrará en forma de pictograma.

Los textos están escritos con frases sencillas y vocabulario adaptado, de modo que los lectores comprendan aquello que están leyendo. Para consolidar un buen proceso lector, te sugerimos algunas ideas para trabajar estos libros con los más pequeños:

- Leer cuidadosamente los nombres de los personajes que aparecen en los pictogramas.
- Decidir en conjunto una voz o un sonido asociado a cada pictograma. Así la lectura se hace divertida y se potencia la memoria lectora.
- Proponer al niño o la niña que gradualmente lea algunas frases solito o solita.
- Comentar a partir de la lectura las diferencias con otras versiones de los mismos cuentos clásicos leídos.

CREADO POR EDUCADORES

Los tres cerditos

PICTOGRAMAS

tres cerditos

cerdito mayor

cerdito mediano

cerdito pequeño

bosque

paja

madera

ladrillos

lobo

soplar

Había una vez  tres cerditos que vivían con su madre en una bonita casa en el  bosque.

Un día, su madre les dijo:

—Hijitos, ya es hora de que os vayáis a vivir solos. Pero ¡cuidado! Vuestras casas deben ser muy resistentes para que el  lobo no las pueda echar abajo.

Los  tres cerditos se fueron al  bosque a construir sus casas muy contentos. Pero el  cerdito mayor y el  cerdito pequeño eran muy perezosos. ¡Y solo pensaban en divertirse! El  cerdito mediano, en cambio, era más trabajador y responsable.

El  cerdito mayor, se encontró con un granjero que llevaba sacos de  paja.

—Señor granjero, ¿podría darme algo de  paja? Necesito construirme una casa.

El granjero fue generoso y le regaló toda la  que necesitaba. Rápidamente se construyó una casa, y se fue a jugar.

No muy lejos, el  se había encontrado con un leñador.

—Señor leñador, ¿podría darme algo de  ? —preguntó el  .

El leñador le dio un montón de leña y el

se construyó una casita. No era muy

resistente, pero a él le gustaba.

El  cerdito mediano fue el más listo. Quería una casa muuuy resistente, así que fue a buscar a un constructor y le pidió muchos  ladrillos.

El señor constructor le regaló unos cuantos  ladrillos. El  cerdito mediano trabajó muchísimo y acabó su casita. ¡Era perfecta!

Un día, un travieso  lobo que paseaba por el bosque oyó una música y, siguiendo la melodía, llegó a casa del  cerdito mayor.

—¿Quieres compañía? —preguntó el  lobo.

—¡Márchate! No te abriré la puerta —dijo el  cerdito mayor.

—¿Ah, sí? —dijo el  lobo.

Furioso, el  lobo comenzó a  soplar y a  soplar. ¡Y destruyó la casita del  cerdito mayor! El pobre corrió a casa de su hermano pequeño y cerraron la puerta de 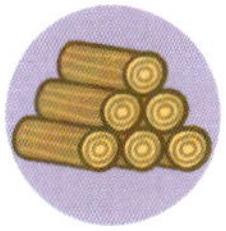 madera antes de que el  lobo pudiera entrar.

—¡Vete si no quieres problemas! —le gritaron los dos hermanos.

Entonces el  lobo rugió y comenzó a  soplar y  soplar hasta que destruyó también la frágil casa de  madera.

El  (cerdito mayor) y el  (cerdito pequeño) salieron disparados a la casa del  (cerdito mediano). Cuando el  (lobo) llegó a la tercera casita, vio que parecía mucho más resistente.

—Cerditos, ¿me dejáis entrar, por favor?

—preguntó el  (lobo), intentando parecer educado.

—¡No te abriremos! —gritaron los  (tres cerditos).

El  (lobo) empezó a  (soplar) y  (soplar), pero no consiguió derribar la casita.

Los  (tres cerditos) lo celebraron muy contentos.

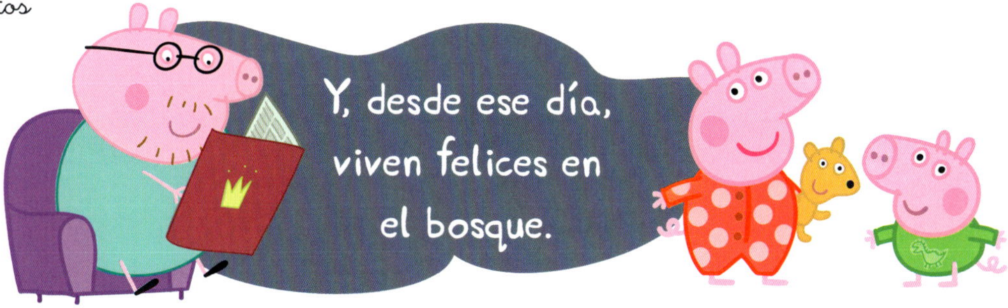

La Sirenita

PICTOGRAMAS

La Sirenita

cangrejo

bruja del mar

algas

mar

superficie

pirata

conchas

tesoros

En lo más profundo del  mar, en un mundo mágico, vivía el rey Tritón con su hija, la  Sirenita.

Su castillo estaba hecho de corales, 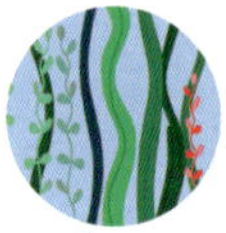 algas y  conchas. A la  Sirenita le encantaba nadar con otras criaturas marinas, sobre todo con su amigo  cangrejo.

Pero, aunque la  Sirenita se lo pasaba muy bien con sus amigos del  mar, jugando con las  conchas y los peces, y coleccionando  tesoros, su mayor deseo era subir a la  superficie.

Quería ver con sus propios ojos qué había fuera del  mar. Sin embargo, su padre le había dicho que aún era muy pequeña. Cuando fuera mayor, podría subir a conocer de cerca la  superficie.

Un día, la  Sirenita desobedeció a su padre y subió a la  superficie.

"Será solo un momentito" —pensó la  Sirenita —. "Si pido ayuda a la bruja del mar, estaré de vuelta antes de que mi padre se dé cuenta".

Su amigo  cangrejo intentó convencerla para que no lo hiciera.

— 

, ¡no se puede! En el fondo del 

hay sirenas, tritones y peces con los que jugar.

¡Y los 

que tanto te gustan!

Pero la 

estaba decidida a irse. Era una sirenita muy curiosa... ¡y muy testaruda!

La Sirenita fue a pedir ayuda a la bruja del mar y esta le dio una concha mágica. Escuchando lo que decía, la Sirenita llegó a la superficie en un aleteo.

Allí, vio un barco que navegaba por el  mar.

Se acercó muy sigilosamente, para ver quién era.

¡Era un barco pirata! En el barco había un  pirata

muy simpático, que coleccionaba  tesoros. Pronto

la  Sirenita y el  pirata se hicieron buenos amigos.

—Yo también colecciono tesoros —dijo la Sirenita—. Me encantan las conchas y las cosas que brillan.

—Me gustaría verlo —dijo el pirata, triste—. Pero yo no puedo nadar como tú bajo el mar.

—¡No pasa nada! —respondió la Sirenita—. Mi padre es el rey Tritón. ¡Él nos podrá ayudar!

La Sirenita fue nadando con ayuda de la concha mágica, y le contó a su padre lo que había pasado. Aunque el rey Tritón se enfadó un poco, entendió lo importante que era explorar para la Sirenita, así que nadó de vuelta con ella a la superficie, y allí concedió al pirata el poder para ir a jugar con la Sirenita y sus amigos y sus increíbles tesoros.

Y, colorín, colorado, este cuento se ha acabado.

Otros títulos de la colección

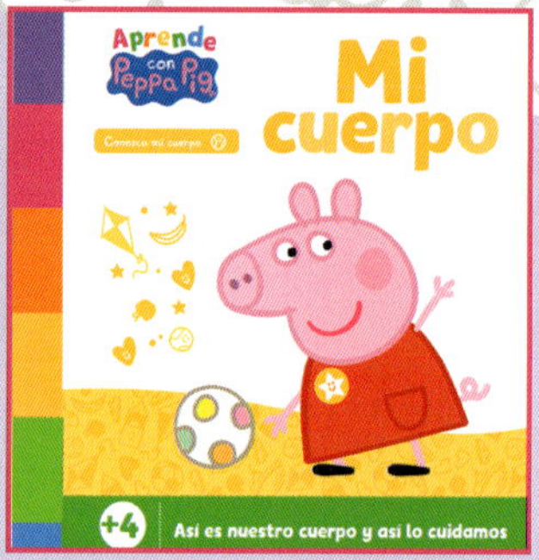

Diviértete mientras aprendes con Peppa y sus amigos con la nueva colección educativa

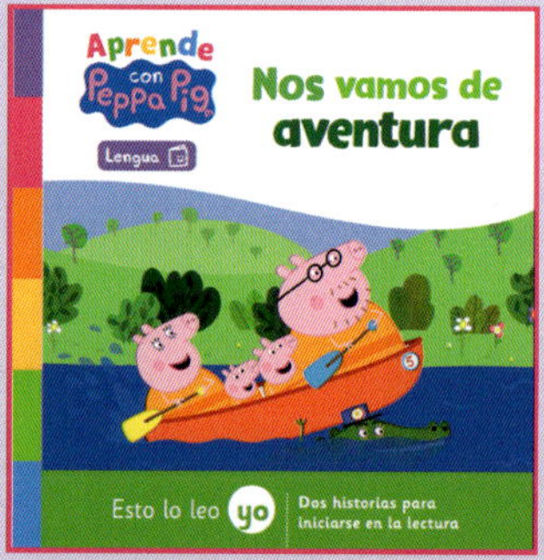